너 거기에, 나 여기에

이일사삼
시집

도서출판
청어

너 거기에, 나 여기에

이일사삼 시집

시인의 말

이일사삼

이름보다 숫자로 불리워지는 것이 더 익숙하고 자연스럽습
니다.

그렇습니다.

저는 죄인이고, 2143번은 죄수번호입니다.

4년간의 무죄 다툼 끝에 혐의를 벗지 못하고 결국 징역 12년
을 선고 받았습니다. 무죄를 주장하던 사건은 유죄 선고 시,
반성하지 않고 범행을 부인한다고 인식되어 경제사범인데도
12년의 중형을 선고 받았습니다.

그런 저에게도 사랑하는 여자가 있습니다.

그리고 그녀에게서 저를 닮은 아들과 그녀를 닮은 딸을 선물
받았습니다.

스무 살, 대학 캠퍼스에서 그녀를 만났고, 첫눈에 반했고, 후
배는 싫다며 세 번이나 프로포즈를 거절한 도도한 그녀를 얻
기 위해 밤을 지새웠고, 시인이 되었고, 고독한 니체가 되었
습니다. 지금이면 상상 못할 스토커(?)가 되어 그녀를 따라

다니기도 했습니다. 그녀가 마음을 열 때까지……

그렇게 3전 4기 끝에 그녀를 얻었습니다.
눈부신 8월 어느 날, 내 앞의 그녀는 태양보다 눈부셨습니다.
그로부터 7년이 지나 결혼에 이르기까지 그녀는 26개월 군
생활을 기다렸고, 제대 후 가수가 되겠다며 상경한 저를 4년
이나 더 기다렸습니다.
부부가 되어 열아홉 해를 함께 했고, 만남부터 26년을 함께
했으니 어느새 제가 그녀 없이 살아온 시간보다 그녀와 함께
한 세월이 더 오래되었네요.

그래도 기다림은 늘 서툴고 힘이 듭니다.
외롭고 고독한 시간입니다.
그런 기다림을 그녀는 다시 시작합니다.
아무리 많은 경험에도 결코, 익숙할 리 없는 그 시간들을 잘
알기에 이제 그녀를 자유롭게 해주기 위해 이별을 선물하려
한 것인지도 모르겠습니다.

그녀를 위한 이별을 결심한 것은 징역 12년을 선고받고 법
정 구속되면서부터입니다.

사람을 죽인 것도 아닌데 구형 22년을 받았고, 이 사건 수사
여파로 6천억 원대 기업이 하루아침에 무너져 버렸는데 가

장 큰 피해자가 가해자가 되어버렸습니다.

구속 기소되어 재판 받던 중, 진실이 드러나면서 선고 하루 전, 재판장님의 갑작스런 직권보석으로 출소하여 구형 22년의 중범죄자가 2년 여간 불구속 재판을 받았습니다. 유례없는 이 사건에서 변호사와 관계자들 모두 무죄 확신하였고, 1심 선고 당일에는 평범한 일상처럼 출근하듯 나선 저는 그녀가 챙겨주는 외투를 입고 맛있는 저녁 먹자며 짧은 인사를 하고 돌아섰습니다.

그날이 생일이었던 딸아이는 아빠 무죄가 선물이라며 다른 거 필요 없으니 빨리 오라고 하였습니다. 그러나 그 아침이 마지막이었습니다.

항소심은 납득할 수 없는 두 차례의 공판만으로 끝이 났고 저는 그녀와의 이별 준비를 시작하게 되었습니다. 그녀를 보낼 수 없다면, 차라리 내가 떠나야 한다고 생각했습니다.

너무 억울해서, 내 생명과 진실을 맞바꿀 수 있다면 그렇게라도 하고 싶었습니다.

그런데 아직도 살아가고 있습니다.

이를 악물고 살아가고 있습니다.

어둠을 밝히는 데는 많은 빛이 아닌 한줄기 빛이면 충분함을 믿으며……

그 마음을 담았습니다.

간절함, 그리고 애틋함……

내가 사랑한 그녀와의 소중한 추억들을 꺼내어 심비(心碑)에 새긴 뒤, 하나씩 불에 태우는 비장함으로, 나 없이 살아갈 그녀, 그녀 없이 살아갈 나, 시간으로 치유되는 이별의 아픔과 다시 시작할 그녀의 삶, 상상조차 하기 싫지만 이미 상상해 버린 그 시간들을 단어와 문장으로 옮겼습니다.
아무리 억울하다 소리쳐도 그저 나만의 공허한 외침일 뿐, 영락없는 죄인의 모습임을 잘 압니다.
그렇지만……
그런 죄인도 따뜻한 가슴이 있고, 그런 죄인의 가슴에 불을 지핀 사랑이 있었음을 말하고 싶습니다. 사회적 정서는 죄인에게 인색하지만, 문학적 정서는 모두 앞에 공평함을 믿으며 글로나마 그녀 앞에 매인 몸이 아니고 싶었습니다.
나의 그녀에게,
내가 당신을 이토록 사랑했음을 알려주고 싶었습니다.

이별이라는 거,
꼭 서로에게 싫증나서, 맞지 않아서, 사랑이 식어서, 더는 사랑하지 않기에 하는 것이 아니라 너무 사랑하기에 헤어질 수밖에 없는, 그런 가슴 시린 이별도 있음을 모두에게 알려주고 싶고, 누구의 이별이든, 어떠한 이별이든, 못된 눈으로 바라보지 말았으면 합니다.

무엇보다 도도한 그녀, 고집불통 그녀가 여전히 서툰 기다림을 다시 시작했기에 힘이 되어주고 싶습니다.

나는 이별을 준비했지만, 기다림을 준비한 그녀, 언제나처럼 거기에서 나를 기다리겠다며 슬픈 눈으로 버티고 있는 그녀에게 너무 미안해서, 너무 고마워서, 너무 그리워서, 우리 너무 사랑해서, 그 사랑을 모두에게 알리고 싶습니다.

투박하지만, 내가 그녀를 많이 사랑하고, 그녀는 그보다 더 나를 사랑하는 그 마음이 잘 전달되었으면 합니다.

그렇게……
부족한 글, 용기내었습니다.

2020년 봄
이일사삼

너 거기에, 나 여기에

차례

시인의 말

1부 스무 살 사랑

3부 평행선 사랑

4부 그대 그리움

1부

스무 살 사랑

인생은
시간 속에 있고
시간은 인생 안에 있다

그리움

기다림을 켜켜이 쌓아 이룬 강둑에도
이 봄 개나리 피고
그리움이 바람 되어 하늘거리면
노오란 꽃, 망울마다 슬픔이 진다
그 꽃 꺾어 화병에 담으면
이내 눈물 가득 차오르고
눈물 금세 내 가슴 멍어리 된다

봄은 이미 왔는데 떠난 그대 오지 않으니
오늘도 그 강가에 나가 앉아
기다림의 둑을 쌓는다

너 거기에, 나 여기에

너 거기에 나 여기에
그렇게 우린 서 있었다

비오는 날, 그 비 맞고 나 여기에 널 기다렸고
그 날, 그 볕 아래 너 거기에 날 기다렸다

그렇게
나 네게 슬픔이었고 너 내게 기쁨이었다

오늘도 그날처럼 나 비에 젖으면
너 거기에 햇살 되어 서 있겠지

너 거기에, 나 여기에

시간

사람은
시간 속에 태어나
시간 속에 살다가
시간 속에 사라져간다

인생은
시간 속에 있고
시간은 인생 안에 있다

흐르는 시간 멈출 수 없고
떠나는 사람 잡을 수 없지만
시간은 모든 것을 변화시킨다

나도 시간 속에 흘러만 간다

너는 꽃이다

지나가는 걸음 멈추게 하는
너는 꽃이다

먼 산 하늘 바라보다 고개 돌리게 하는
너는 꽃이다

눈물 짓다 웃게 하는 너의 미소
떨군 고개 들게 하는 너의 음성
돌아서는 마음 되돌리는 너의 향기

너는 분명 꽃이다

너

끝도 없이 넓고 파란 하늘이
끝도 없이 깊고 푸른 바다가
너를 닮았다

하얀 구름 가득 품은 하늘이
푸른 파도 가득 담은 바다가
너를 닮았다

슬픈 날 비 뒤로 숨었다가
언제인양 방긋 웃는 태양도 너를 닮았고
화난 날 비와 함께 투정부리다
언제인양 살랑이는 풍랑도 너를 닮았다

그런 네가 어느 날
내 눈 가득 파랗게
내 맘 가득 푸르게 물들였다

그렇게 나 너에게 빠져 버렸다

너 없는

겨울이 너무 춥고
봄은 숨이 막히고
여름은 속이 타고
가을은 눈물이 난다

너 없는 계절은 아프다

너에게 나

너의 눈에서 나를 본다
너의 입술에서 나를 듣는다
너의 마음에서 나를 느낀다

내가 너를 이만큼 사랑하고 있구나

들풀에게 길을 묻다 1

담장 안 들풀에게 물었다

외롭지 않니?
부는 바람에 고개를 흔든다

답답하지 않니?
부는 바람에 고개를 흔든다

억울하지 않니?
부는 바람에 고개를 흔든다

보고 싶지 않니?
부는 바람에 고개를 흔든다

들풀이 나에게 물었다
바람이 전해주지 않니?

그대라는 이름의 별

어둠속에 남겨진 나, 길을 잃고 헤매일 때
그대 나를 비춰주네요 더는 외롭지 않아요

어둠속에 버려진 나, 갈길 몰라 방황할 때
그대 나를 비춰주네요 더는 두렵지 않아요

고개 들어 하늘 봐요 저기 저 빛나는 그대라는 별
눈을 들어 그대 보아요 언제나 어디서나

어느 누구도 함께 할 수 없는 시간에
어느 누구도 갈 수 없는 힘든 그 길을
어느 누구도 이해할 수 없는 시간에
어느 누구도 돌아보지 않는 그 길을

그대라는 이름의 별, 함께 하네요

사랑이 분다

하루가 흔들린다
너 없는 시간이
너 없는 식탁이
너 없는 자리가 흔들린다

너 없는 하루에 사랑이 분다

사랑합니다

가고 싶다고 갈 수 없고
보고 싶다고 볼 수 없고
만지고 싶어도 그럴 수 없는 곳에 있습니다

보여주고 싶은 마음도
말하고 싶은 진심도
전하고 싶은 마음도 전할 수 없는 곳에 있습니다

밤이면 별에게 말을 건네고
낮이면 구름에게 속삭입니다

창가에 앉은 비둘기에게
흩날리는 민들레 홀씨에게
눈물방울 실어 보내고

두둑 두둑 처마에 부딪히는 빗방울에게
언제 왔다 언제 가도 이상치 않은 바람님에게
그리움 소복하게 담아봅니다

사랑하는 당신
저기 저 '기다림'의 긴 다리 너머
당신의 고운 모습 하나 가득 들어옵니다

나 이제 당신, 사랑합니다

사랑, 이별 그리고 그대

사랑,
풀잎 위에 떨어진 이슬방울
아침햇살 아래 영롱히 빛나다가
이내 또르르르 굴러 대지를 적시는……

이별,
이슬 머금은 풀잎
긴 밤이 지나가고 햇살 비추면
풀잎 떠나 대지 위에 고개 숙이는……

그대,
창공에 빛나는 태양
이슬 머문 풀잎과 이슬 적신 대지를
가득 비춘다

떠난 뒤에야 알았습니다

질투는 좋아하는 마음입니다
질투가 자라서 아린 마음이 되면 행복을 바라고
그땐 이미 사랑이 되었습니다

전에는 미처 몰랐는데
그 빈자리 채워진 후엔
마음이 아려왔고 시간 지나 뜨거워지니
감정 모두 녹아집니다
그때, 차마 녹지 못한 그 마음
간절함 되어
행복을 바라게 될 때 사랑인 줄 알았습니다

그렇게 그 사람
떠난 뒤에야 사랑인 줄 알았습니다

외사랑

하고 싶은 그 말 참으니
속 깊은 우물 되고
흘려야할 그 눈물 참으니
늘 푸른 소나무 된다

보고픈 마음 참아내니
그리움 배어나와 샘물이 되고
애끓는 그 사랑 참아내니
아픔의 골짜기로 슬픔 강을 이룬다

그리고
그 위로 추억 흐른다

봄

흙먼지 날리는 길가
노란빛 민들레 수줍게 고개 내밀고

고즈넉한 오후 강가
노오란 개나리 부끄러운 몸짓으로 살랑거리면

낡은 판자지붕 너머 뒷산 진달래
진홍빛 얼굴 붉히는

아
봄이다

잠자는 아가의 젖은 머릿결 매만지는 따사로움
볕 좋은 처마 아래 졸린 눈 꺼먹이는 누렁이의 여유로움
복잡한 도심 속, 오가는 이들의 옷깃에 머문 봄의 향기

봄은 차별 없이 내리는 하늘의 선물
그래서 봄은 따뜻한가 보다

스무 살 사랑

스무 살 캠퍼스는 내게 설레임
그 봄. 내 앞에 넌, 강한 떨림

한 걸음 다가서면 두 걸음 멀어지고
두 걸음 돌아서면 눈앞에 서있는 너
그렇게 나는 너를 만났고
그 큰 세상 품에 안았다

아카시아 향 그윽한 날 나는 시인이었고
너를 닮은 푸르른 날 나는 노래를 했다

너의 미소 너의 향기 가득한 거리
너와 걷는 길 옆 목련도 샘을 내던 5월 어느 날
그 날 같이 보낸 시간들은 꿈길이었다

그렇게 사랑. 시작되었다

고요 속에 너를 보낸다

사랑한다고 말을 못했다
가지 말라고 말을 못했다
너의 눈이 하는 말
너의 몸이 하는 말
알면서도 안다고 말을 못했다

너 없이는 안 된다고 말을 못했다
가슴이 먹먹하다 말을 못했다
돌아서면 보고 싶다는 말
그보다 더 사랑한다는 말
너도 내 맘 아냐는 그 말을 못했다

하루가 지나고 일 년이 지나고
그렇게
고요 속에 너를 보낸다

나는 아프지만 너는 행복하길 바랬다

그날 벤치 위로 하얀 눈 쌓이던 날
그날 추억하며
나는 아프지만 너만은 행복하길 바랬다

둘이 걷던 인사동 길 낡은 날의 이야기에
나는 홀로 아프지만 너만은 행복하길 바랬다

자주 찾던 그 카페 이전 그대로인데
하나 남은 커피 향에
나는 아프지만 너는 행복하길 바랬다

가쁜 숨 몰아쉬며 오른 정상
기억의 아지랑이 아래 내려앉는 도시 그림
나는 이리 아프지만 너는 많이 행복하길 바랬다

눈물이 눈물을 닦아내는 이 밤
나는 아프지만 너는 행복하길
고독이 외로움을 이겨내는 이 밤
나는 아프지만 너는 행복하길

어제 오늘 계속된 내일이 오기까지
그리움이 그리움 안고 고통의 강 건널 때에
나는 아프지만 너는 행복하길 바랬다

나 보다 더

나 보다 더 낮은 사람,

나 보다 더 약한 사람,

나 보다 더 가난한 사람,

나 보다 더 부족한 사람,

나 보다 더 외로운 사람,

나 보다 더 고통 받는 그런 사람들을 돕는 사람,

그리고 매일,

나보다 더 의로운 사람이 되자

말할 걸 그랬습니다

가지 말라, 말할 걸 그랬습니다
함께 있자, 말할 걸 그랬습니다
보고 싶다, 말할 걸 그랬습니다
사랑 한다, 말할 걸 그랬습니다
잊지 말라, 말할 걸 그랬습니다
말해 달라, 말할 걸 그랬습니다
.
.
.

나와 같다고 당신 말했습니다

당신을 떠나보내고

당신이 떠난 계절입니다
생명의 시작, 그 푸르름이 마른 흔적들을 지워내는 이 봄
당신은 말없이 떠났습니다

당신 사람들의 두 볼을 타고 내린 사랑이
산마다 진홍빛 물들이던 날
아무것도 모르는 어린 개나리
슬픔에 기댄 노오란 빛 야속합니다

당신 모습 저 아래로 아스라이 사라져갈 때
나는 그만 목 놓아 울었습니다
대체 내 안 어디에 머물던 눈물인가요
번지고 번져 당신 주변을 모두 적셨습니다

유난히 파아란 하늘 동산, 올려다 본
하이얀 구름 언덕으로
당신 모습 아른하니 북받치는 슬픔

잘하셨습니다 당신
작지만 그러나 우리를 짊어진 너른 어깨
당신이 떠난 계절
이제 마음으로 당신 바라봅니다

2부

그림자 하나

온통 너의 생각 뿐
내 하루도 내 기억도 너로 가득 채워졌다
햇빛 좋은 어느 오후 너를 본 그때부터
이렇게 나는 눈이 멀었다

미지의 세계

파아란 하늘과 맞닿은
저 푸른 바다 끝 너머

석양 물든 서편하늘 맞닿은
드넓은 저기 땅 끝 너머

금세라도 퍼부을 듯 잿빛하늘 끝에 걸린
저기 높은 산 끝 너머

행복있을까 떠나는 길
손 내밀면 닿을 듯, 손끝거리 그곳은
가도가도 같은 거리 미지의 세계

길 1

어디에서 왔나요
어디로 가시나요
어떻게 가시나요
언제 도착하나요
물음은 있지만 답은 내가 만들어가는……
모두가 처음인 그 길 인생이라 부른다

통증

아프다 마음이
되돌리고 달래 봐도 통증이 있다
아프다 추억이
잊어보고 지워 봐도 통증이 있다
아프다 사랑이
그리웁고 간절해도 통증이 있다
아프다 하루가
눈을 뜨고 감을 때까지 계속 아프다

헤어졌지만

내가 떠나왔는데 내 자리가 허전합니다
모진 말은 내가 했는데 내가 상처 받았습니다
잘가라고 인사 했는데 내 발 묶여 멈춰섭니다
다신 보지 말자 돌아섰는데 내 발걸음 당신께로 향했습니다
헤어졌지만, 나 당신 아직까지 사랑합니다

내게 전부였던 그 사람

내게 전부였던 사람이 있었습니다
내 모든 것을 다 주어도 아깝지 않은 사람
더 주지 못해 미안한 사람
내게 전부였던 사람입니다

내게 전부였던 그 사람. 떠나갑니다
아직. 못 다한 말 남아있는데,
아직. 못 다한 사랑 남아있는데,
더 줄 것 아직 많이 남아 있는데,
그 사람 그렇게 떠나갑니다

내게 전부였던 그 사람 빈자리가
내 모든 것 비운만큼 허전합니다

한동안 울었습니다
눈물로 빈자리가 채워지면 나아질까
내게 전부였던 그 사람 빈자리에
그리움과 보고픔이 눈물 되어 채워지니
답답하고 먹먹하고 숨쉬기조차 힘이 듭니다
내게 전부였기 때문입니다

그렇게
살 것 같지 않던 아픈 하루가 쌓이고
갈 것 같지 않던 슬픈 매일이 지나니
시간은
내게 전부였던 그 사람을
내게 일부가 된 추억으로 저장합니다

햇빛 좋은 어느 오후에

햇빛 좋은 어느 오후 너는 내 앞에 서 있다
하이얀 블라우스 뽀오얀 너의 얼굴 눈부시던 그날
그 빛인지 네 빛인지 나는 눈이 멀었다

너의 손을 놓으면 걸을 수 없고
너와 먹지 않으면 삼킬 수 없고
눈을 뜨고 있어도 눈을 감고 있어도
온통 너의 생각 뿐
내 하루도 내 기억도 너로 가득 채워졌다
햇빛 좋은 어느 오후 너를 본 그때부터
이렇게 나는 눈이 멀었다

너로 내가 채워지고 내안 너로 넘치니
어느새 너도 나로 채워진다
그렇게 날 닮은 나와 널 닮은 너를 안았다
햇빛 좋은 어느 오후에……

미련

가만히 있으면 너 생각나서
뛰었다
심장이 터질 듯 쿵쾅 거린다
멈췄다
이마에 맺힌 땀방울, 두 볼 타고 내릴 때에
눈물, 그 위로 떨구어진다

아프다. 가슴이 아픈 건지 마음이 아픈 건지
마른다. 목이 타는 건지 애가 타는 건지
답답하다. 숨이 가쁜 건지 삶이 가쁜 건지

바람이 분다
너의 향기, 너의 음성, 너의 모습 실려 있는
바람의 노래

젖은 이마 닦아주는 너의 손길
아픈 마음 매만지는 너의 미소

지금
너, 보고 싶다

겨울마중

저 산 가을 너머 님이 오신다
울긋불긋 색동 치마 벗어 들고서
사각사각 내린 추억 즈려 밟고서
저산 가을 너머 하이얀님 오시는구나

비 내리는 날

후드득 후드득 빗방울이 굵어지더니
금세 먹구름이 하늘을 덮었다

처마를 때리는 빗소리에 창을 여니
한 움큼 들어오는 흙내음, 비의 향기
고즈넉한 시골집 추억이 스며온다

비가 그치고 구름 지나니 가려진 햇님, 방긋 웃는 날
시골집 추억도 내 얼굴에 햇살 되고
비의 순환처럼
나의 하루도 기억을 오가며 삶을 채운다

꽃은

쓸쓸해도, 허전해도, 마음 아픈 이별을 해도
핀다

기뻐해도, 행복해도, 가슴 벅찬 사랑을 해도
진다

이별 후에

그날 이별할 때 저 강둑 무너진 듯
다시없는 슬픔 아픔 내게 들이쳐 오고
그대 볼 수 없다는 거
살아가는 이유도 의미도 찾을 수 없는 고통입니다

그래도 숨을 쉬고 그래도 밥을 먹고
그래도 하루를 살아가니 미안합니다

멍한 일상 허무한 시간도 새살로 채워지니
망각의 터널로 지나간 기억들은 적당히 지워지고 퇴색됩니다
슬픔이 슬픔인 줄 모르게 되고
아픔이 무뎌지고 기다림이 더뎌지고
그리움은 아지랑이 하늘거리며 먼 산 언저리로 사그라집니다

그대

그대 내 인생 최고의 선물
그대 함께 한 시간, 최고의 시간
그대 사랑한 그날, 최고의 기억
그대 떠나가던 날, 멈춰진 장면

바다 같은 그대

밀물에 잠겼다 썰물에 드러나는
그대 돌섬 같은 아련함이여

바람 타고 건너오는 풋풋한 바다내음
파도 같은 그대 싱그러움이여

바라만 보아도 설레이고 헤어날 수 없는 깊은 노을
그대, 바다 같은 한없는 내 사랑이어라

고향

고향, 듣기만 해도 따뜻해지는 뒷산언덕
말하고 나면 그리워지는 구수한 어머니 밥상

작아진 건지 내가 큰 건지
숨바꼭질 구슬치기 넓디넓은 어린 골목길
머릿속 기억 가슴속 추억은 그대로인데
내 고향 어디로 갔나
푸르른 숲은 잿빛 빌딩 숲으로
재잘 재잘 정겨운 골목길은
경적소리 시끄러운 넓은 신작로 되어
내 고향 그렇게 가슴에 묻혔네

겨울 가고 봄이 올 때

가는 겨울 처마 끝에 아쉬운 눈물 흘리면
수줍은 어린 봄은 그 아래 노오란 꽃망울 튼다

가야하는데 가지 못함은 미련일까
가는 발걸음 부여잡는 건 아쉬움인가
때가 이른데 떠나보냄은 야박함인가

겨울과 봄 사이 어정쩡한 바람이
눈물 말리고 꽃잎 떨군다

사랑아

너 내게서 떠나지 않았으면 좋겠다
그냥 이렇게 내 옆에 있으면 좋겠다

날 사랑하지 않아도 좋고
날 좋아하지 않아도 좋다

내 숨결 피해도 좋고
내 손 잡지 않아도 좋다

날 바라보지 않아도 좋고
내게 눈길 주지 않아도 좋다

나와 밥 먹지 않아도 좋고
나랑 차 마시지 않아도 좋다

나랑 말 하지 않아도 좋고
내 얘기 듣지 않아도 좋다

너에게 가면 너 멀어질지 몰라서
나는 그냥 지금이 좋다

널 볼 수 있고 너의 음성 들을 수 있는
나는 그냥 지금이 좋다

그림자 하나

저기 그림자처럼 그대 나와 하나이면 좋겠다
그대 뒤에 서있는 나, 그림자 하나
그게 우리라면 정말 좋겠다

길게 늘어진 밤 그림자 짧아지고 사라지는 반복되는 매일
그대 나와 함께하면 정말 좋겠다

떼어 놓아도 떼이지 않는 저기 그림자
그대 나와 함께하면 정말 좋겠다

할미꽃

저산마루 봄소식에
마중 나온 우리 할매
봄 반기는 고운 모습
아름답구나
보랏빛 청초한 옷매무새
단아하고 가지런한 쪽진 머리
영락없이 손주 맞는 할미의 모습

이별 1

슬픔으로 산을 쌓으면
아픔의 골짜기에서 눈물 흘러내린다

고통으로 길을 내면
인내의 고랑 타고 눈물 흘러내린다

그대 떠난 상실의 시간 위에 사랑 보내면
그대 기억, 추억 되어 눈물 흘러내린다
그리고
그 눈물 위로 그대 떠나보낸다

기다림

겨우내 새가 앉은 자리에 먼저 꽃이 핀다는
그대, 그 말처럼 나 여기 그대 기다린다
말없이 떠난 내님 언제 돌아오려나
이 봄, 소리 없이 피어나는 꽃잎 되어
울어도 눈물 없는 저 새가 되어
가만히 그대 내게 오기까지
나 여기 그대 기다린다

잠시

잠시 비가 내리는 것뿐이다
태양은 그 자리 그대로인데 잠시 구름에 가리웠을 뿐이다

잠시 어두운 것뿐이다
태양은 그 자리 그대로인데 잠시 저 달에 가리웠을 뿐이다

잠시 추운 것뿐이다
태양은 그 자리 그대로인데 잠시 지구가 멀어졌을 뿐이다

잠시 헤어졌을 뿐이다
그대 그 자리 그대로인데 잠시 내가 떠나왔을 뿐이다

그리고 시간은 그 자리 그대로인 그곳으로
나를 데리고 간다
그 순간도 지금처럼 잠시일 뿐이다

3부

평행선 사랑

나는 매일 당신 생각으로 설레이지만
당신 가끔 내 생각으로 추억할 수 있다면
나는 그저 그것으로도 행복합니다
당신을 아직도 사랑하나 봅니다

미워하는 마음

미움이란 화살은 상대를 향해도
내게 돌아옵니다
누군가를 미워하면 내 살이 패이고
내 마음에 멍이 듭니다
미움의 크기만큼 날카로운 화살은
아파도 아픈 줄 모르게
내 마음 붉게 물들입니다
작은 불이 산을 태우고
작은 냇물 강을 이루듯
작은 미움에 내 삶 넘어집니다

이별 2

그대 내가 사랑하는 사람입니다
그대 사랑했던 시간조차 나 사랑합니다

그대 내게 소중한 사람입니다
그대 함께한 모든 시간 내게 소중합니다

그대 내게 행복한 사람입니다
그대 나눈 많은 말들 내게 행복입니다

그대 내게 기쁜 사람입니다
그대 만난 모든 날들 내게 기쁨입니다

그런 그대 나를 떠나갑니다
그대와의 모든 시간 내게 슬픔이 되고
그대 했던 모든 말들 내게 아픔이 되고
그대와의 기쁜 날들 고통으로 다가옵니다
그런 그대 이별로 나를 보아도
나는 아직 사랑으로 그대 바라봅니다

나 그대를 지금도 사랑합니다

눈 오는 날

하얀 눈 내리는 날 그대 오실까
일찌감치 터미널에 나가봅니다
들어오고 나가는 많은 차들 많은 사람들
그들 속에 그대 있을까
하루 종일 발이 묶여 그대 기다립니다
내리는 눈(雪), 물이 되어 땅을 적실 때
내리는 눈물 슬픔 되어 마음 적시면
젖은 걸음 멈춘 위로 하얀 그리움 소복하게 쌓여 갑니다
눈 오는 날에

그대 그리움

까만 밤 아름답게 수놓는
그대 영롱한 별빛이여
까만 밤 깊게 빛나는
그대 포근한 달빛이여

멀리 있는 그대 그리움
까맣게 물들이면
그대 눈에 별빛 담기고
그대 가슴에 달빛 안긴다

이 밤 그대 향한 그리움 날아오르면
별을 향한 한걸음 달을 향한 두 걸음이
그대 눈에 아리어 보고픔 깊은 우물 되고
이 밤 그대와 나를 적신다

나를 닮은 계절

겨우내 앙상했던 플라타너스 가지 위에
어느새 파릇파릇 봄이 내려앉았다

연한 새순 고개 들 때 얼마나 아팠을까
겨울 떠나보내고 찾아오는 봄은 온통 상처투성이지만
이내 강산은 아픔 이겨내고 초록의 향연 펼친다

아파야 성숙하고 비워야 채워지고
떠나야 찾아오고 헤어져야 다시 만나는
인생은 계절을 닮았다

그리고 계절은
떠난 너를 기다리는 나를 닮았다

이별 3

이별이 슬픈 건 그대 다시 볼 수 없기 때문이고
이별할 때 흐르는 눈물도 그대 다시 볼 수 없기 때문이다

그러나 이별이 더 가슴 아픈 건
그대 안에 내 자리가 비워져야 하기 때문이고
설레였던 그대와의 시간들과
달콤했던 그대와의 입맞춤이
더는 나만의 것이 아니기 때문이다

희망의 빛

많이 힘든 그대, 하늘을 보라
그대 고되어 지친 날들처럼 하늘도 잔뜩 흐리다
많이 아픈 그대, 하늘을 보라
그대 아파 멍든 날들처럼 하늘도 잿빛 멍이 들었다

그러나 그대, 포기하지 마라
저 먹구름 너머 저 어둔 하늘 너머
여전히 태양은 빛나고 있다

그대의 날 고난의 터널 지나고
그대의 시간 슬픔의 강 건너
밝음으로 나아가는 그날 오면
잠시 가린 저 구름 걷히우고
숨쉬기조차 힘든 그대 날들
시간의 바람 타고 스치워가면
구름 뒤 숨어 쉬던 태양 모습 드러낸다

그대, 희망을 가져라
가슴 벅차오르고 가슴 설레게 하는
칠흙 같은 어둠속에서도 환희 빛나는
그대, 저기 저 하얀 빛깔 태양을 품으라

그리고 저 빛을 향해
그대, 걸음을 옮기어라

그대 잊었나

그대 잊었나 둘이 걷던 그 길을
그대 잊었나 별 빛나는 그 길을
그대 잊었나 그날 우리 사랑을
그대 잊었나 가슴 벅찬 시간들

눈을 뜨면 거릴 걸으면 그대 모습 내게 다가와
그대 안에 그대 눈동자에 어리어 있는 소중한 추억

그대 잊었나 우리 둘의 약속을
그대 잊었나 저 별들의 이야기

귀향길

내가 떠나온 그날은 초목이 우거졌는데
이제 돌아갈 그날 되니 가지 앙상하고 눈이 내린다
무뎌진 걸음 끌고 먼 거리 들어서니 벌써부터 그리움 목이
마르고
사랑하는 그대 야윈 얼굴 떠올리니 어느새 보고픔 숨에 차
오른다

지나온 세월 시간의 편린들 돌아나와 다시 내 자리에 어지
러히 놓이면
그 흔적 주름에 깊이 배이고 그 외로움 검은머리 희게 물들
인다

내가 보는 내 모습 예전 그대로인데
내가 걷는 지금 이 길과 내가 보는 저기 저 마을 어귀
낯선 풍경되어 내 시야에 가득 차올 때
슬픔 고독의 문 열고 가슴에 메어온다
그리고 그때
그대 그대로의 모습으로 손을 흔든다

인생 1

꽃은 시들어야 다시 피고
해는 저물어야 다시 뜬다
내리막 뒤에 오르막 있고
깊은 골 위에 높은 산 있는
굽은 길 뒤에 바른 길 있고
떠나는 걸음 뒤에 만남의 약속이 있는 그 길
우리는 그 길을 인생이라 부른다

사랑

밤하늘이 빛나는 건 별이 있기 때문이고
하루가 빛나는 건 그대 있기 때문이다

저기 빛나는 별빛 담은 그대 눈빛
여기 빛나는 그대 담은 나의 눈빛

그대로 나의 하루 비추이면
나로 그대 하루 비추인다

그래
오늘이 아름답고 내일이 빛나는 건
우리 둘의 사랑이 있기 때문이다

그날 그 담장너머로

오늘도 하루를 살았구나
낯선 한숨 낯익은 체념
스물네 개 계단 무너지면 다시 스물네 개 계단 쌓여가는
시간의 연속

비가 온다
그리고 바람이 분다
묻혀진 진실 외면한 정의
그 위로 빗물 흐르고 바람 씻겨내도
여전히 감춰지고 고개 돌린다

하루가 지난다
또 하루가 지나간다
눈물이 빗물 되고 빗물이 눈물 되고
흘러 씻기우고 씻겨 닦아내어도
여전히 그대로인 세상

하늘이 온통 흐리고 하루 온종일 먹먹하다

저 너머에는 있을까? 보일까?

무너진 시간 담장아래 쌓여가고
내가 보낸 하루만큼 그 자리 계단 높아지면
어느 날 그 즈음엔 저 너머 볼 수 있겠지
그리고 담장 너머 빛나는 그 빛 넘쳐올 때
씻기고 닦여진 검은 진흙 틈 사이로 빼꼼한 진실 모습 드러
내면
그 빛 진실에 부딪혀 세상 밝히리
그날 한숨 웃음 되고 눈물 기쁨 되어 나를 밝혀 주리라

그날 그 담장 너머로

나보다 더 당신이
행복했으면 좋겠습니다

나보다 더 당신이 행복했으면 좋겠습니다
나는 매일 꿈길 속을 헤매이지만
당신은 매일 꿈같은 날들이면 좋겠습니다

당신이 그 사람을 사랑하는 마음보다
그 사람이 당신을 사랑하는 마음이 더 컸으면 좋겠고
당신의 마음은 금방 왔다 그치는 소나기 같을 지라도
그 사람의 마음은 늘 푸른 소나무 되어
비, 눈, 바람, 폭풍우 앞에서도 변함없는 처음 사랑이었으
면 좋겠습니다
그리고
그 어떤 이유에서건 당신의 눈에서는 슬픔이 아닌 기쁨이
흘렀으면 좋겠고
기왕이면 눈물 흘린 만큼 큰 기쁨 가끔이기보다
소소한 기쁨이 매일 당신 미소 짓게 했으면 좋겠습니다

나는 매일 당신 생각으로 설레이지만
당신 가끔 내 생각으로 추억할 수 있다면
나는 그저 그것으로도 행복합니다
당신을 아직도 사랑하나 봅니다

나 그런 이유로
나보다 더 당신이 행복했으면 좋겠습니다

그대 그리움

몸이 멀어지면 마음도 멀어질까
그대 잊으려 멀리 떠나왔다

머릿속 가득한 생각 비워내면 잊혀질까
그대 비워내고 또 비워냈다

그런데도
그대 떠나온 거리만큼 그리움 쌓여가고
그대 떠나온 시간만큼 보고픔 커져가니
잊으려 멀리 떠나 왔건만
지우려 오래 떠나 있건만
오래된 내 건망증이 마음을 놓고 온 까닭인가
그대 향한 내 그리움, 마중물되어
퍼내면 퍼낼수록 더욱 깊어만 간다

삶

새는 날기 위해 날개짓을 멈추지 않아야 하고
백조는 뜨기 위해 물질을 멈추지 말아야 한다
그리고
나는 살기위해 생각을 멈추지 않는 중이다

내 사랑에게

내 사랑 그대, 나 당신 많이 사랑합니다

웃는 당신뿐 아니라 우는 당신도
기쁜 당신뿐 아니라 슬픈 당신도
행복한 당신뿐 아니라 화난 당신까지도
나 사랑합니다

당신의 모든 것이 그냥 다 좋습니다

눈이 내립니다
아무도 밟지 않은 소복이 쌓인 첫눈 위에
발자욱을 남기는 설레임보다
당신, 나와 눈 뜨고 잠이 드는 지금이 더 설레입니다

비가 옵니다
가문 대지 위를 적시는 단비도 좋지만
햇볕 맑은 날, 호랑이 장가가는 그날
보슬하게 내리는 저 비를 맞아볼까 하는 망설임 같은 첫 키스

눈에 환한 불이 켜지는 그날은
해가 지나 모든 게 변할지라도 더욱 또렷해질 수 있는
저 깊은 속, 마음에 담았습니다

내 사랑하는 그대, 나 이만큼 당신 사랑합니다

작은 새

작은 새 한 마리가 마음에 내려앉는다

비에 젖어 잔뜩 웅크린 채로
메마른 상념의 가지 위에 새 내려앉으면
젖은 몸 말라가는 만큼
새도 마음도 생기 돋는다

단지 내어줬을 뿐인데 그저 비워졌을 뿐인데
무언가 준 것 같은 마음이 오히려 환희에 찬다

상념의 가지 위에 어느새 사랑꽃 피면
작은 새 날아올라 햇살 품는다

너와 나

너와 나 이렇게 헤어져 있으면 안 되는 거다
푸르른 5월, 바람에 아카시아 향 흩날리듯
나는 너에게 바람이었고 너는 나에게 향기였기에
너와 나 이렇게 헤어져 있으면 안 되는 거다

나는 바람 되어 너를 흔들고
너는 향기 되어 나를 타고 훨훨 날아오르면
하늘 구름 하이얀 미소 우릴 반기고
그 봄, 여름 문턱에 설 때
너와 나 꿈을 품는다

오늘도 바람 불고 아카시아 향 흩날리는데
너와 나 이렇게 헤어져 있으면 안 되는 거다

꿈에

내 앞에 선 당신 미소 내 맘 설레입니다
내 손잡은 당신 그리고 앞서가는 당신 걸음
코끝에 부딪히는 은은한 샴푸 내음 내 맘 설레입니다

내 눈에 당신
밥 먹고 차 마시고 함께 걸으며 같은 음악에 귀 기울이는
지금
가녀린 턱선 하얀 웃음 내 맘 설레입니다

내 귀에 속삭이듯 달콤한 당신 목소리
세상 어느 악기로도 표현할 수 없는 나를 위한 소나타
내 맘 설레입니다

내 품에 당신
당신 품에 나를 토닥이는 당신 숨소리 내 맘 설레입니다
그리고 내 심장 당신과 함께 뜁니다
'콩닥, 콩닥, 두근, 두근'
그 소리에 화들짝 눈을 뜨면
꿈속인데도 꿈만 같은 당신과의 시간입니다
그 시간 거울 보듯 이리도 선명한데

나는 다시 혼자입니다

당신

감추고 싶은 슬픔
보이기 싫은 아픔
드러내기 싫은 고통도 당신 한마디에 녹아집니다
"많이 힘들지."
끝내 터져버린 눈물
흘러내리는 상처
씻기어 가는 슬픔과 아픔과 고통의 시간들
이제 그 자리에 당신만이 남았습니다
아침 햇살보다 찬란하고 저 밤 별빛보다 영롱한 당신
그런 당신이 빛의 빛으로 나를 비추면
이제 그 어떤 무엇도 내게 기쁨이고 행복입니다

사랑, 그리고 이별

내가 널 사랑하는 만큼 햇살 비추인다면
지구는 금세 뜨거워지겠지 지금 내 심장처럼

네가 떠난 슬픔만큼 비가 온다면
지구는 금세 물에 잠기겠지 지금 내 하루처럼

평행선 사랑

한번 만나고 점점 멀어지는 사선이 아닌
늘 한결같이 서로를 바라볼 수 있는 너와 나
평행선처럼 사랑하자

4부

그대 그리움

눈을 뜨고 감을 때까지
눈을 감고 눈 뜰 때까지
너만 생각해

별

항상 그 자리에 있는 모습이 나와 같습니다
어두운 밤 빛나는 모습이 너와 같습니다
늘 그 자리 그대로 서로를 비추이지만
서로 바라만 보는 나와 너의 별
오늘도 잊지 말자며 애틋한 눈빛으로 반짝입니다
나와 너의 별

그대 그리움

이틀째 비가 옵니다
하염없이 내리는 비가 내 눈물을 닮았습니다

빗물이 저 산 나무 아픈 상처 훔쳐내고
민들레 슬픈 이별 닦아주면
여릴만큼 여려진 내 마음 속, 그대 모습까지 떠나갑니다

그래도 여전합니다
해가 뜨면 저 산 나무 아픔 베이고
저기 민들레 슬픔 쌓여 갑니다
그리고 내 여린 마음 속 그대 그 흔적 선명해지면
그대 그리움 내 시간 속으로 서서히 스며 듭니다

길 2

나 앞서 걸으면 너 뒤에 따라오라
내가 밟은 내 발자국 너 그 길 걸어오면
깊이 패인 내 외로움, 등불 되어 네 길 밝히고
휘청이는 내 서글픔, 동반자 되어 너를 위로 하리라
그러다가
걸음 어지러히 흩어지면
너 잠시 멈춰 서서 하늘 보라
그리고
이제 너의 길로 내가 되어
또 다른 너에게 나의 길 비추어라

고백(예레미야 29 :11-13)

주는 길이요 진리요 생명이시니
주는 빛이요 내 삶의 주인 되시니

주를 바라는 자 주를 만나는 자
주께 의지하며 주께 나아가리

너희를 향한 나의 마음 참 평안이라
내가 너에게 미래와 희망 주리라

너희가 나를 부르면 들을 것이요
나를 구하면 찾으며 만나주리라

나의 하루

눈을 뜨고 감을 때까지
눈을 감고 눈 뜰 때까지
너만 생각해

구름 그리고 바람

잡힐 듯 말 듯
손끝에 머무는 구름, 당신인가요

푸르른 언덕
하얗게 웃는 구름, 당신인가요

이만치 다가서면 저만치 멀어지는 그대 그리움
이렇게 바라보면 저렇게 흘러가는 그대 그 미소

당신과 나 만날 수만 있다면
그대 하얀 얼굴 만질 수만 있다면

나는 바람. 그대 품고 떠날 수 있는
바람이 되고 싶소

너의 하루

눈을 뜨고 감을 때까지
눈을 감고 눈뜰 때까지
너만 기다려

바람 그리고 추억

바람이 꽃씨를 옮기어 가듯
추억이 그대를 옮기어 왔나요

바람 내려놓은 그 자리에 꽃잎 피어나듯
추억 머문 그 자리에 그대 피어납니다

계속 피어 있기를
그대로 그렇게 남아있기를

부는 바람에 꽃잎 떨구어지면
지나는 시간 그대 모습 아스라이 지워갑니다

나무인생

나무가 제 몸 찢고 길을 만들어 가듯
사람도 삶을 찢고 고통 속에서 길을 만든다

나무가 제 살 찢고 꽃을 피워 하루를 살 듯
사람도 살을 찢고 자욱 남기며 시간을 걷는다

아픔과 고통 속에 닮은 하루, 닮은 삶이지만
고독 속에 침묵을 배우는 나무가 좋다

그래 나무가 되어야겠다

너는 내게 자연스럽다

밤하늘 쏟아질 듯 무수히 반짝이는 별빛에게서
너의 사랑을 본다

여름 날, 계곡에서 솟구쳐 평지로 흐르는 청량한 시냇물에서
너의 음성 듣는다

강변을 가득 메운 코스모스, 바람에 하늘거리는 가녀림에서
너의 모습을 본다

추운 겨울, 얼어붙은 대지 위를 따뜻하게 덮어주는 하얀 눈
에게서
너의 마음을 읽는다

너는 내게 이토록 "자연"스럽다

하루

그래도 지나가는 하루 흘러가는 시간
무감각하게, 때론 너무 아프게, 때론 너무 슬프게,
이 하루 지나면,
지난 하루만큼 너에게 다가서기에
오늘도 이 하루에 그저 나를 맡겨본다
무감각하게, 때론 기쁘게, 때론 설레임으로

인생 2

지금 서 있는 그곳, 그 땅이 네가 살 땅이다
두 발 딛고 멈추어서 하늘 보라
주는 햇살, 부는 바람, 내리는 빗물
나고 죽음은 너의 것이 아니지만은
멈추고 걷는 그 길에서의 선택은 너의 것이니
이제 두발 딛고 선 그곳에서 너를 살아라
지금 서 있는 그곳, 그 땅이 네가 살 땅이다

기억의 통점

시간을 거슬러 올라가다보면
멈추어서는 곳이 있다
입가에 미소 짓게 하는 곳 마음을 설레이게 하는 곳
다시 저만큼 거슬러 올라가면
눈앞이 환해진다 사랑이다
그리고 그 옆을 지나가다보니 슬프다
이미 지난 일인데 가슴 먹먹해온다
그래 이별이다
여전히 통증 느껴진다
이별은 추억이라 부르기에 너무 아프다

인생 3

사람은 자기만의 창으로 세상을 본다
동그란 세상 네모진 세상 일그러진 세상
보고 싶은 부분만 바라보며 보여진 부분만을 믿으며
그 세상 위에 자기만의 세상을 만들어간다
우리는 그 세상을
편견이라 부른다

어느 바람 부는 날

흐린 날, 부는 바람이 좋다
이렇게 여린 비 내리면
코끝을 간질이는 흙 내음도 좋고
머리카락 흩날리는 바람도 상쾌하다

그대도 나처럼 바람 부는 날을 좋아했다
이만큼 흐리고 이만큼 비 내리면
그대도 나처럼 기분 좋게 미소 지었다

지금처럼 맞아도 좋은 비가 오는 날에는
그대 더욱 그리워진다

지금처럼 그대 기억 떠오르는 상쾌한 바람 부는 날에는
그대 미치도록 보고 싶다

어느 바람 부는 날에

정착

나는 언제나 너와 함께였는데
지금은 홀로 선다
너는 너의 일상을 누리고 나는 나대로의 하루를 보내는 지금,
너와 나의 분리된 시간이 흐르고 흘러
고립된 나의 삶이 자리 잡은 지금,
이곳의 하루가 새로운 기억이 되어
너와의 추억을 밀어내고 똬리를 튼다
인간은 사회적동물이다
변화되는 환경에 적응하며 살아간다는 사회학적 표현이다
너 없는 하루에 적응하는 나,
너와의 기억을 잊어가는 나,
그렇게 너와 함께 한 시간 위로 쌓여가는 쓸쓸한 나의 하루
들…
온몸이 쭈뼛거리고 소름이 돋는다
점점 희미해지는 너를 본다
그 자리를 채워가는 나를 본다
울컥 울고 말았다
내가 있어야 할 곳은 그곳인데
나는 오늘은 혼자 남아 고독이란 이름의 바퀴를 돌린다

그리고 인생

떠나는 봄 잡으려 여름은 눈물로 길목을 막고
여름 돌아설 때 가을은 화려함으로 그 길 감추어 본다
가을이 낙엽 날리며 가려는 길
하얀 지우개로 지워내는 겨울
이제 떠날 때가 되자
봄은 파릇파릇 청순한 미소와 노오란 수줍음으로
가지 말라 유혹한다

막아서고 감춰보고 지워내고 유혹해도 결국, 떠나는 걸음
계절은 인생을 닮았다

관계(feat. 잠언 27:19)

인생은 만남의 연속이다
누굴 만나는 가는 축복이 되기도 저주가 되기도 한다
열길 물속은 알아도 한길 사람 속은 모르는 거다
그 사람이 내게 축복일지 저주일지 나는 알 수 없지만
물에 비친 얼굴이 서로 같은 것 같이
사람의 마음도 서로 비친다는 진리로
그 사람에게 최선을 다해보자
진심은 상대를 감동시키는 법이다

해, 달 그리고 사랑

그대 밝은 해 되면
나 어두운 밤 달이 될래요

그대 낮의 해 되어 나를 비추인다면
나는 밤의 달 되어 그대 꿈길 걸으렵니다

보이지 않게 서로 뒤에 숨어
바람에 마음 전하고 새에게 소식 전하는
꿈같은 그대 나의 사랑이여

그대와 나 이렇게 사랑하는데
그대 햇살 내 달빛 바라만 봅니다

석양 물든 저녁 나 그대 마중 나가면
마주칠 듯 말 듯 그대 나 떠나갑니다
그대 종일 비추이다가 내 모습에 숨어버리는
수줍은 사랑인가요 아쉬운 이별인가요

오늘도 그리운 맘 저 산마루 달이 되면
눈감고 멀어지는 그대 애달픈 사랑이어라

당신은 누구십니까

내 마음 가득 채우는
내 하루 온통 흔드는
생각하면 두근거리는
바라보면 눈이 부시는

당신은 누구십니까

우리 헤어질 때

우리 서로 헤어질 때
슬퍼하지도 눈물 보이지도 말자
영화 속 이별처럼
쿨하게 헤어지고 친구처럼 오래보자
그렇게 만난 우리
그렇게 헤어졌다
그런데
나 지금 울고 있다
영화 속 쿨한 이별 그냥 영화일 뿐,
친구처럼? 억지였고 오래보자? 가식이었다
가슴이 찢어지는 아픔은 데인 것 같은 고통이었고
슬픔에 목이 메이는 날들은
금세라도 달려가 너를 안고 싶은데
그런 이별이 말이 되나?
난 내 눈물에 너를 떠나보낼 테다
가능한 멀리 저 멀리……

너 거기에, 나 여기에
이일사삼 지음

발 행 처 · 도서출판 청어
발 행 인 · 이영철
영   업 · 이동호
홍   보 · 천성래
기   획 · 남기환
편   집 · 방세화
디 자 인 · 이수빈 | 김영은
제작이사 · 공병한
인   쇄 · 두리터

등   록 · 1999년 5월 3일
(제1999-000063호)

1판 1쇄 발행 · 2020년 7월 10일

주소 · 서울특별시 서초구 남부순환로 364길 8-15 동일빌딩 2층
대표전화 · 02-586-0477
팩시밀리 · 0303-0942-0478

홈페이지 · www.chungeobook.com
E-mail · ppi20@hanmail.net
ISBN · 979-11-5860-858-3(03810)

이 도서의 국립중앙도서관 출판시도서목록(CIP)은 서지정보유통지원시스템 홈페이지
(http://seoji.nl.go.kr)와 국가자료공동목록시스템(http://www.nl.go.kr/kolisnet)
에서 이용하실 수 있습니다.(CIP제어번호: CIP2020024208)